KB216446

CLASSICO

Part of Cow & Bridge Publishing Co.
Web site : www.cafe.naver.com/sowadari
3ga-302, 6-21, 40th St., Guwolro, Namgu, Incheon, #402-848 South Korea
Telephone 0505-719-7787 Facsimile 0505-719-7788 Email sowadari@naver.com

The Tailor of
GLOUCESTER
by Beatrix Potter

Published by Cow & Bridge Publishing Co.
First original edition published by Frederick Warne & Co. London
This recovery edition published by Cow & Bridge Publishing Co. Korea

ISBN 978-89-98046-47-7

글로스터의 재봉사

베아트릭스 포터 지음

Cow & Bridge
PUBLISHING COMPANY

사랑하는 프레디에게

몸이 아픈 너를 위해 이야기를 하나 만들었단다. 너 동화책 좋아하잖니. 오직 너만을 위한 이야기야. 아직 아무에게도 보여주지 않았거든.

이 이야기에서 가장 기묘한 것은 말이지, 글로스터에서 들었는데, 재봉사가 외투를 만들 때 정말 이렇게 말한다는 거야.

"실이 모자라!"

1901년 크리스마스에

아주 오래 전, 남자들도 멋진 가발을 쓰고 금실로 수를 놓은 예쁜 조끼에 꽃 달린 제비꼬리 외투를 입던 시절, 글로스터라는 작은 마을에 재봉사 할아버지가 살았어요. 할아버지는 아침부터 저녁 늦게까지 양복점 창가 평상 위에 쪼그리고 앉아 열심히 옷을 만들었어요. 해가 떠 있을 동안 면 헝겊이나 비단 천을 가위로 자르기도 하고 바느질도 했답니다. 비단 천은 아주 값비싼 천이에요.

할아버지는 값비싼 비단으로 다른 사람에게 옷을 만들어 주었지만 자기는 낡아서 다 헤진 옷을 입고 다녔어요. 비쩍 마르고 쪼글쪼글한 얼굴에 안경을 쓰고 손가락은 굽어 있었고요. 어느 날, 할아버지는 비단 천을 정성껏 잘라 평상 위에 올려놓으며 말했어요.

"천이 너무 조금 남아서 생쥐가 입을 코트도 만들 수 없겠는 걸."

왜냐하면 생쥐들은 아저씨가 남긴 자투리 천으로 옷을 지어 입었거든요. 크리스마스 며칠 전, 너무너무 추웠던 어느 날. 재봉사 할아버지는 외투를 만들기 시작했어요.

글로스터의 시장님이 결혼식 때 입을 장미꽃 무
늬가 있는 앵두색 비단 외투와 우윳빛 광택이 나
는 조끼를요. 할아버지는 열심히 옷을 만들었어
요. 비단 천 길이를 재고, 이리저리 돌려도 보고,
자기 몸에 대어 보기도 했어요. 평상은 앵두색
비단 조각으로 어지러웠어요.

"천이 너무 조금 남아. 너무 조금 남는다고. 이래
서는 생쥐 목도리밖에 못 만들 거야."

할아버지는 혼자 중얼거렸어요. 창문 밖으로 눈
송이가 흩날리자 할아버지는 불을 끄고 하루 일
을 마쳤어요. 잘라 놓은 비단 천과 헝겊은 평상
위에 그대로 두었고요.

평상 위에는 외투를 만들 천 열두 조각하고, 조끼를 만들 천 네 조각하고, 주머니 덮개와 소매, 그리고 단추들이 가지런히 놓여 있었어요.

외투 안감으로 쓸 노란 천에는 단춧구멍 네 개가 있었는데 모두 앵두색 비단실로 마무리했답니다. 준비가 모두 끝났으니 내일 아침 바느질만 하면 옷이 완성될 거예요. 아, 하나 빠졌네요.

외투의 단춧구멍을 만들 앵두색 비단실을 더 사야 해요. 재봉사 할아버지는 저녁이 다 되어서야 집으로 돌아갔어요. 창문을 꼭꼭 닫고, 문을 단단히 잠그고, 열쇠를 가지고 집으로 돌아갔어요.

밤에는 양복점에 아무도 없답니다. 작은 생쥐들
을 빼면요. 생쥐들은 열쇠가 없어도 문틈이나 쥐
구멍으로 들락날락할 수 있거든요. 글로스터에
있는 모든 집 벽에는 작은 생쥐가 드나드는 비밀
통로가 있답니다. 생쥐들은 비밀통로를 통해서
이 집 저 집을 마음대로 다닐 수 있어요.

양복점을 나온 할아버지는 눈밭을 터덜터덜 걸
어서 집으로 갔어요. 가난한 할아버지는 작은 방
에서 고양이 한 마리와 함께 살았어요. 할아버지
에게는 고양이 심킨이 유일한 가족이었어요.

할아버지가 양복점에 가면 심킨은 혼자 집을 보았어요. 그리고 심킨은 쥐를 아주 좋아했어요.

재봉사 할아버지가 문을 열고 들어오자 심킨이 야옹, 하고 인사했어요. 할아버지는 말했지요.

"이 동전 네 닢이 우리 전 재산이란다. 이 항아리를 들고 가서 한 닢으로는 빵을 사고, 한 닢으로는 우유를 사고, 한 닢으로는 소시지를 사오거라. 그리고 마지막 남은 한 닢으로는 앵두색 비단실을 사거라. 비단실이 없으면 옷을 만들 수 없으니 절대 잊어버리면 안 돼, 알겠지?"

20

냐옹, 하고 대답한 심킨은 동전 네 닢을 받아들고 어두운 거리로 나갔어요. 할아버지는 피곤했는지 몸이 으슬으슬했어요. 그래서 따뜻한 난롯가에 앉아 중얼거렸어요.

"시장님이 결혼식 때 입을 멋진 외투와 조끼를 크리스마스 아침까지 만들어야 하는데, 천이 남지 않아서 생쥐 목도리도 못 만들겠는 걸."

그렇게 혼자 중얼거리고 있을 때, 부엌에서 톡톡, 달그락, 톡톡, 달그락, 하고 이상한 소리가 들려왔어요.

"이게 무슨 소리지?"

할아버지는 벌떡 일어나 접시하고 찻잔이 잔뜩
있는 찬장으로 갔어요. 재봉사 할아버지는 찬장
앞에 서서 안경 너머로 뒤집어진 찻잔을 물끄러
미 쳐다봤어요. 톡톡, 달그락, 톡톡, 달그락, 하
는 소리가 찻잔 속에서 들렸거든요.

"이상한 일도 다 있군."

할아버지는 이렇게 말하면서 찻잔을 천천히 들
어 올렸어요.

23

그러자 찻잔 밑에서 작은 숙녀 생쥐가 걸어 나와 할아버지에게 고맙다고 인사를 했어요. 생쥐 아가씨는 찬장에서 뛰어내려 벽 아래 쥐구멍으로 쏙 들어갔어요. 할아버지는 다시 의자에 앉아 난롯불을 쬐면서혼잣말을 했어요.

"옅은 복숭아색 비단에 장미를 수 놓아 멋진 조끼를 만들어야지. 그나저나 심킨이 비단실을 꼭 사 와야 할 텐데. 단춧구멍을 스물 한 개나 만들어야 하니까."

바로 그때, 또 부엌에서 톡톡, 달그락, 톡톡, 달그락 하는 소리가 들려왔어요.

"정말 이상한 일도 다 있군, 그래."

이렇게 말하면서 할아버지는 뒤집혀 있던 찻잔을 들어 올렸어요. 그러자 찻잔 속에서 작은 신사 생쥐가 나오더니 할아버지에게 고맙다고 인사를 했어요. 그뿐만이 아니었어요. 찬장 여기저기 뒤집힌 그릇에서, 찻잔에서, 톡톡, 달그락, 톡톡, 달그락, 하고 소리가 났어요.

할아버지가 그릇하고 찻잔을 뒤집자 생쥐들이
나와서 인사를 하고는 쥐구멍으로 들어갔어요.
할아버지는 다시 난롯가로 돌아와 한숨을 쉬면
서 말했어요.

"크리스마스 정오까지 스물 한 개나 되는 단춧구
멍을 모두 만들어야 해. 그나저나 생쥐들을 풀어
주었다고 심킨이 화를 내지 말아야 할 텐데."

생쥐들은 쥐구멍에서 머리를 내밀고 할아버지가
하는 말을 들었어요. 그러고는 도로 벽 속으로
들어가서 찍찍, 하고 친구들을 불러 모았어요.
생쥐들은 벽 속에 있는 비밀통로를 통해 이 집
저 집을 드나들 수 있다고 했잖아요.

심킨이 돌아왔을 때 찬장에는 생쥐가 한 마리도 없었답니다. 머리 위에, 어깨 위에, 등 위에 눈을 잔뜩 이고 집으로 들어온 심킨은 투덜댔어요.

심킨은 빵하고 소시지를 찬장 위에 두고 킁킁, 냄새를 맡았어요.

"심킨, 비단실은 어디 있니?"

우유가 든 항아리를 마저 내려놓은 심킨은 제자리에 놓여 있는 찻잔을 보고 깜짝 놀랐어요. 찻잔 속에 저녁 때 먹을 생쥐를 가둬 두었는데 말이에요. 재봉사 할아버지가 다시 말했어요.

"심킨, 비단실은 어디 있니?"

하지만 심킨은 비단실 꾸러미를 몰래 찻주전자 속에 숨겼어요. 그리고 그르렁, 그르렁, 하고 투덜댔어요. 만약 심킨이 말을 할 수 있다면 이렇게 말했을 거예요.

"할아버지, 내 생쥐들은 어디 있지요?"

재봉사 할아버지는 슬픈 표정으로 말했어요.

"맙소사, 옷을 만들지 못하겠어!"

밤 내내, 심킨은 온 부엌을 뛰어다니며 긁어대고 찻잔 속을 살펴보고 쥐구멍을 들여다보았어요. 하지만 생쥐는 한 마리도 보이지 않았어요. 할아버지가 잠꼬대를 할 때마다 심킨은 그르렁거리며 투덜댔어요.

그날 밤, 할아버지는 나쁜 꿈을 꾸었어요.

"실이 모자라, 실이 모자라라고."

할아버지는 꿈속에서도 옷을 만들고 있나 봐요.

다음 날도, 그 다음 날도 할아버지는 아파서 꼼짝도 하지 못했어요. 그러면 앵두색 코트는 누가 만들까요? 양복점 평상 위에 놓인 외투에 스물 하고도 한 개나 되는 단춧구멍은 누가 만들까요? 창문은 꼭 닫혀 있고 문은 단단히 잠겨 있는데 누가 와서 바느질을 할까요?

작은 갈색 생쥐들이 할 거예요. 생쥐들은 열쇠가 없어도 글로스터에 있는 집이란 집에는 전부 들어갈 수 있거든요.

사람들은 시장에서 크리스마스 저녁에 먹을 칠면 조를 사들고 집으로 갔어요. 하지만 가난한 재봉 사 할아버지와 고양이 심킨에게는 돈이 한 푼도 없었어요. 할아버지는 아파서 삼 일이나 누워 있 었고요.

크리스마스 전날 밤, 그것도 아주 늦은 저녁. 달 님이 지붕 위에서 눈 내린 마을을 비추었고요, 글로스터에 있는 모든 사람들은 불을 끄고 잠들 었어요. 심킨은 아직도 화가 안 풀렸어요. 그래서 할아버지가 누워 있는 침대 곁에서 계속 그르렁 그르렁 투덜댔어요.

그거 알아요?

크리스마스 이른 새벽에는 동물들끼리 서로 말을 할 수 있답니다. 물론 사람은 알아들을 수 없지만요. 뎅그렁 뎅그렁, 교회 종이 열두 번 울리자 심킨은 집 밖으로 나와 눈밭을 돌아다녔어요. 글로스터에 있는 모든 집에서 크리스마스를 축하하는 동물들의 노랫소리가 들려왔어요.

39

40

제일 먼저 들려온 것은 수탉이 우는 소리였어요.

"꼬끼오(빨리 일어나 밥 먹어야지)!"

그 소리가 어찌나 크던지 심킨은 깜짝 놀랐어요.

처마 밑에는 참새하고 찌르레기가 노래를 부르고

있었고요.

"짹짹, 짹짹(반갑네, 친구)."

교회 종탑 위에서는 까마귀가 눈을 비비고 있었

어요.

"깍깍깍(야밤에 무슨 일이지, 고양이 친구)?"

아직 컴컴한 밤이지만 뻐꾸기하고 종달새도 눈을

뜨고 재잘재잘 재잘댔어요. 요!

하지만 배고픈 심킨한테는 귀찮은 소리일 뿐이었
어요. 그중에서도 저 멀리에서 들려오는 왱왱왱
작은 목소리가 제일 듣기 싫었어요. 아마 박쥐가
내는 소리겠지요. 왜냐하면 박쥐들은 목소리가
아주 작거든요. 재봉사 할아버지가 잠꼬대를 하
는 것보다도 목소리가 작아요.

심킨은 작은 소리에 귀가 간지러웠는지 귀를 툭
툭 털고 계속 걸어갔어요.

43

양복점 가까이 가자, 창문에 불빛이 보였어요. 심 킨이 창문으로 안을 들여다보니 누가 온통 촛불 을 밝혀 놓았지 뭐예요! 평상 위에서 생쥐들이 노래를 하고 있었어요.

스물 하고도 네 명이나 되는 재봉사, 달팽이를 잡 으러 간 재봉사, 제일 용감한 재봉사, 달팽이 꼬 리도 못 건드리는 재봉사, 달팽이가 성난 들소처 럼 뿔을 내민다, 도망치는 재봉사, 달팽이한테 잡 아먹힐라!

그리고 다른 노래도 계속 불렀어요.

쌀가루를 체로 쳐서, 밀가루를 체로 쳐서, 호두껍 질 속에 넣어서, 한 시간만 굽자!

심술이 난 심킨이 문을 긁어댔어요. 하지만 열쇠
는 할아버지 베개 밑에 있어서 심킨은 문을 열
수가 없었답니다. 생쥐들은 깔깔 웃으며 또 노래
를 불렀어요.

생쥐 세 마리가 평상에 앉아 있었지.

고양이가 물었어. "무얼 하고 있는 거니?"

생쥐들은 대답했지. "외투를 만들고 있지."

고양이가 물었지어. "내가 실을 잘라 주지."

생쥐들은 대답했지, "아니, 우릴 깨물 거잖아."

심킨이 소리쳤지만 생쥐들은 계속 노래했어요.

런던 부자들은 보라색을 좋아해!

비단 옷깃에 금실로 수놓은 소매!

부자들은 뽐내면서 걸어 다니네!

생쥐들은 골무를 두드리면서 노래를 불렀지만 심
킨은 듣기 싫었어요. 심킨은 양복점 문 앞에서
킁킁, 냄새만 맡았지요.

**작은 항아리, 큰 항아리, 깊은 항아리, 얕은 항아
리, 찬장 위에 항아리, 한 냄에 네 개짜리 항아리**

심킨은 창문에 매달려 소리쳤어요.

"냐옹, 냐옹(이 문 열지 못해)!"

하지만 생쥐들은 계속 흥얼거렸어요.

"실이 모자라, 실이 모자라다고."

그리고는 창문으로 달려가 커튼을 쳤어요. 하지
만 생쥐들의 노랫소리는 계속 들렸어요.

실이 모자라, 실이 모자라다고!

할 수 없이 심킨은 집으로 돌아왔어요. 무언가 골똘히 생각하면서요. 착한 생쥐들은 아저씨를 위해 열심히 옷을 만들고 있는데 자기는 비단실을 감추다니, 심킨은 너무나 부끄러웠어요.

집에 와 보니 할아버지는 열도 내렸고 곤히 잠들어 있었어요. 심킨은 까치발로 서서 찬장 위 찻주전자 속에 감춰 둔 비단실 꾸러미를 꺼냈어요.

재봉사 할아버지가 잠에서 깨어나니 이불 위에 앵두색 비단실 꾸러미가 놓여 있었어요. 심킨은 그 옆에서 잘못을 뉘우치고 있었답니다.

"어라, 비단실이 여기 있었네?"

할아버지가 옷을 입고 거리로 나왔을 때는 이미 해가 눈밭을 환히 비추고 있었어요. 고양이 심킨도 할아버지를 따라 나섰어요. 찌르레기가 굴뚝 위에 앉아 휘파람을 불고 개똥지빠귀가 노래를 불렀어요. 하지만 이른 새벽처럼 말을 하지는 않았어요.

"이를 어째. 실은 있지만 시간이 없어. 단춧구멍 하나도 못 만들 거야. 벌써 크리스마스 아침인데, 시장님은 열두 시에 결혼식을 올릴 거야. 빨리 옷을 만들어야 해."

할아버지가 열쇠로 양복점 문을 열자마자 심킨
이 후다닥 안으로 뛰어 들어갔어요. 뭔가를 잡
으려 하는 것처럼요. 하지만 양복점 안에는 생쥐
한 마리도 보이지 않았어요. 바닥은 실오라기 하
나 없이 깨끗했고요. 그런데 평상 위에는,

세상에나!

너무나도 아름다운 외투하고 조끼가 놓여 있었
어요. 글로스터의 시장님이 결혼식 때 입을 옷
말이에요.

외투에는 장미꽃하고 제비꽃이 피어 있었고요, 조끼에는 진달래꽃하고 국화꽃이 피어 있었어요. 그런데 자세히 보니 단춧구멍 하나가 아직 완성 되지 않았어요. 그 옆에는 아주 작은 종이에 아 주 작은 글씨로 이렇게 써 있었어요.

"실이 모자라요."

할아버지는 심킨이 준 예쁜 앵두색 비단실로 나 머지 단춧구멍을 얼른 만들었답니다.

그 후, 재봉사 할아버지에게 행운이 찾아왔어요.

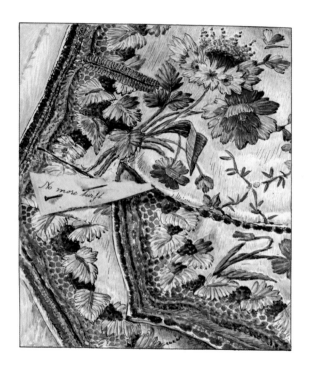

할아버지는 건강해졌고, 돈도 많이 벌었대요. 또 재봉사 할아버지는 글로스터의 부자들과 점잖은 신사들에게 예쁜 옷을 만들어 주었어요. 사람들이 그렇게 예쁜 주름 장식과 소매 장식은 처음 봤대요. 특히 단춧구멍은 너무나 훌륭하다고 칭찬했어요. 안경 쓴 할아버지가 구부러진 손가락에 골무를 끼우고 어떻게 그렇게 촘촘하게 바느질을 했을까 모두들 궁금하다고 했지요. 바느질이 어찌나 촘촘한지 꼭 작은 생쥐가 만든 것 같았거든요!

William Hogarth <Four times of the Day - Noon> 1738

글로스터의 시장님, 멋있기도 하셔라.

−끝−

오리지널 피터래빗 시리즈 08

The Tailor of Gloucester
글로스터의 재봉사

Copyright 글로스터의 재봉사 © 2014
Cow & Bridge Publishing Co. all rights reserved.

이 책의 저작권 및 출판권은 도서출판 소와다리가 소유합니다.

1판 1쇄 2014년 12월 5일
지은이 베아트릭스 포터 옮긴이 김동근
발행인 김동근
발행처 소와다리
출판등록 제2011-000015호(2011년 8월 3일)
주소 인천광역시 남구 구월로 40번길 6-21번지 3가동 302호
전화 0505-719-7787
팩스 0505-719-7788
이메일 sowadari@naver.com

파본은 구입처를 통해 바꿔드립니다.

ISBN 978-89-98046-47-7